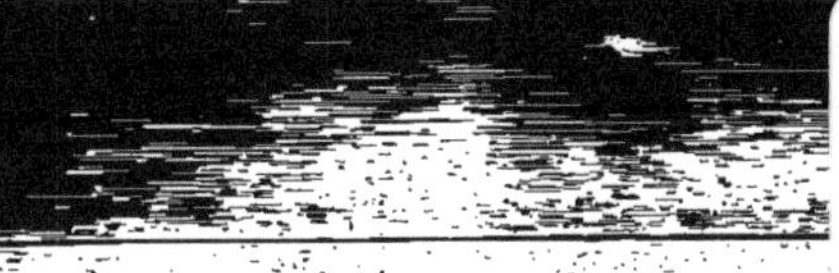

SÉANCE DE L'ACADÉMIE FRANÇAISE DU 2 MAI 1872.

DISCOURS DE RÉCEPTION

DE

M. ROUSSET

RÉPONSE

DE

M. D'HAUSSONVILLE

DIRECTEUR DE L'ACADÉMIE FRANÇAISE

PARIS

LIBRAIRIE ACADÉMIQUE

DIDIER ET Cie, LIBRAIRES-ÉDITEURS

QUAI DES AUGUSTINS, 35.

DISCOURS

DE

M. ROUSSET

Paris. — Imprimerie Adolphe Lainé, rue des Saints-Pères, 19.

DISCOURS

DE

M. ROUSSET

PRONONCÉ

A L'ACADÉMIE FRANÇAISE

le jour de sa réception 2 mai 1872

PARIS
LIBRAIRIE ACADÉMIQUE
DIDIER ET Cie, LIBRAIRES-ÉDITEURS
35, QUAI DES AUGUSTINS
1872

DISCOURS

DE

M. ROUSSET

Messieurs,

L'Académie, depuis dix ans, m'a si souvent donné des marques de sa faveur qu'aujourd'hui, lorsqu'elle vient de mettre le comble à ses grâces, je serais bien empêché, pour lui témoigner ma reconnaissance, d'imaginer quelque formule nouvelle, si je ne croyais pas, avec les bons juges, que la meilleure expression d'un sentiment sincère est toujours la plus simple. Souffrez donc, Messieurs, que je vous remercie simplement. En essayant de vous payer une dette dont je ne m'acquitterai jamais d'ailleurs au gré de ma conscience, si mes paroles ne sont point suffisantes, je m'efforcerai d'y suppléer par mes services, et parce que j'aurai moins bien dit, je me sentirai tenu de mieux faire. Lorsque vous avez paru souhaiter que l'époque de cette réception fût hâtée plus que de coutume, il m'a semblé que mon empressement à me présenter devant vous pourrait vous être offert comme un acte de reconnaissance et de respect, et comme un témoignage de l'inclination qui me porte vers les travaux dont il vous plaira de charger mon zèle. En daignant m'appeler à vous, Messieurs, vous m'avez donné part à l'honneur : je suis impatient de prendre part à la peine.

Ainsi pourrai-je du moins chercher à diminuer la perte que vous a fait éprouver la disparition soudaine de M. Prévost-Paradol. Vous lui aviez confié, dans l'ordre de vos occupations intérieures, un rôle considérable. Malgré les entraînements d'une vie répandue, il savait aisément suffire à ses devoirs de toute sorte et d'abord satisfaire à ce que vous pouviez attendre justement de ses facultés rares. Il y avait, dans ce brillant esprit, un foyer de lumière qui rayonnait de toutes parts, sans s'épuiser ni s'affaiblir. Sans effort, presque sans travail, sa vive intelligence étendait partout ses conquêtes ; littérature, morale, philosophie, politique, toutes les richesses de l'esprit humain s'accumulaient dans ses bagages, et lorsque ensuite il lui plaisait de les restituer aussi facilement qu'il les avait prises, il les répandait, sans compter, autour de lui, marquées à son coin, avec l'éclat d'une monnaie neuve et la perfection d'une médaille bien frappée. Ah !

Messieurs, s'il se trouvait quelques jeunes hommes doués comme par les fées, à leur naissance, avec cette prodigalité magnifique, et néanmoins assez peu satisfaits de leur fortune pour oser nier ou accuser la Providence, avouons qu'ils seraient bien ingrats. Il faut cependant reconnaître que M. Prévost-Paradol n'a pas joui, comme il aurait dû, de sa destinée en ce monde.

Écrivain-né, avec une facilité sans négligence qui permet de dire exactement que sous sa plume heureuse tout coulait de source, quelle carrière lui offraient les espaces de la littérature, depuis le vaste domaine des lettres pures et désintéressées jusqu'à ces frontières largement ouvertes où la littérature et la politique se rencontrent et se mêlent ! Ainsi accessibles et hospitalières dans leur incommensurable étendue, les lettres n'ont pas suffi à M. Prévost-Paradol ; il les a traversées, il s'y est reposé par moments ; mais ses désirs l'emportaient au-delà. Ce n'était pas assez, selon lui, d'écrire même excellemment sur les affaires publiques, si l'on ne s'y engageait pas de sa personne et si l'on n'avait pas pour objet surtout d'y jouer un grand rôle. « La littérature politique, a-t-il dit, n'a de fécondité, de force véritable, d'éclat, que si elle est liée à l'action, soit qu'elle la devance de peu, soit qu'elle la suive de près. En un mot, écrire pour agir, ou écrire après avoir agi, telle est la condition qui peut seule empêcher la littérature politique de dégénérer en fade éloge ou en vain murmure. » Lorsque je réfléchis aux qualités morales qu'exige l'exercice violent de la vie publique, ma pensée se porte d'elle-même vers le grand orateur, qui, dans une séance demeurée justement célèbre, souhaitait ici même, il y a six ans, la bienvenue à M. Prévost-Paradol. L'énergie, la fermeté d'âme, la sérénité fortifiante, voilà les traits que présente d'abord à mon admiration l'homme d'État sans faiblesse, le combattant dont aucun adversaire n'a jamais étonné ni lassé la vigueur. Le plus persuasif des encouragements, le plus éloquent des conseils qu'il eût pu donner au jeune écrivain aspirant à l'action politique, c'eût été son propre exemple. L'ambition de M. Prévost-Paradol n'a point été satisfaite, et ceux qui l'ont connu disent qu'il ne nous a pas laissé toute sa mesure. Avait-il une puissance de tempérament égale aux rudes épreuves de la vie publique ? C'est à ses amis de répondre ; je m'en rapporte à eux-mêmes. Il me suffit, pour faire son éloge, de m'en tenir aux mérites d'un ordre bien différent dont ses écrits me fournissent la preuve.

De tous ceux qui ont approché M. Prévost-Paradol, je ne crois pas qu'un seul ait échappé à son sympathique attrait. Avec cette élégance et cette aisance polie qui est le signe de la distinction naturelle achevée par la bonne éducation, il y avait dans toute sa personne une grâce et une séduction presque féminines, il y avait cette force à la fois douce et puissante que nous ressentons sans pouvoir la définir, et dont nous essayons d'exprimer l'influence magique par ce seul mot, le charme. La finesse et la souplesse d'esprit, la délicatesse, la vivacité des impressions, le sentiment des nuances, toutes ces qualités exquises dont les femmes ont reçu le divin privilége étaient aussi, par un don particulier, les siennes ; c'étaient elles qui vous charmaient dans son talent comme dans sa personne. Tel a été, Messieurs, le tempérament littéraire de M. Prévost-Paradol ; nous allons en retrouver presque à chaque pas la marque en examinant sa carrière et ses travaux.

On a dit de lui finement qu'il avait été précoce sans être pressé. En effet, il avait de bonne heure bien écrit sans beaucoup écrire. Je sais telle de ses compositions d'écolier, à seize ans, qui avait d'autant plus frappé l'un de ses professeurs qu'il n'était point d'ailleurs à ce moment ce qu'on appelle un bon élève : il n'était pas laborieux. Les grands modèles de l'antiquité ne l'avaient point touché encore ; ce mérite du style qu'il possédait déjà, il le trouvait dans son propre fonds. Ce fut seulement dans les classes supérieures, où le grec et le latin laissent au français plus d'espace, qu'il s'éleva tout d'un coup au premier rang. Il eut en rhétorique le prix de discours français au concours général, et, l'année suivante, celui de dissertation française, le prix d'honneur en philosophie. Ce qui, dans sa dissertation, est surtout remarquable, c'est une réfutation de la doctrine de Spinosa, de cette conception rigide et aride, où, privé de soutien et d'espoir, aussi dépourvu de liberté que la force même dont il est le produit fatal, l'homme est jeté ici-bas, comme un enfant qui ne connaîtra jamais son père et que son père ne connaîtra jamais. Et cependant, c'est cette même doctrine, repoussée d'abord par le jeune philosophe, qui n'a pas laissé plus tard de revenir à la charge et de lui faire sentir parfois ses redoutables atteintes.

Admis à l'École normale, docile aux indications de ses maîtres, il refit en deux ans ses études classiques. Sa vive et facile intelligence butina dans l'antiquité plutôt qu'elle n'y moissonna; il lui suffit d'en aspirer les sucs les plus riches et les parfums les plus suaves. Ce n'était point un érudit qu'il voulait être; mais il se fit un bagage de connaissances, de faits et de citations très-suffisant pour défrayer les excursions qu'il se permit plus tard de temps à autre, en s'échappant de la politique dans la littérature. Il y avait alors, autour de lui, à l'École normale, une génération brillante qui n'y acheva pas toute ensemble son cycle régulier. Une bonne part en sortit prématurément après le coup d'État de 1851, au détriment sans doute de ce qu'on appelait jadis les bonnes lettres, mais en revanche au profit des lettres agréables; et tous ces talents émancipés, cherchant leur voie, qui dans la presse, qui dans le roman, qui au théâtre, n'attendirent pas longtemps à trouver faveur auprès de ce nombreux public dont les applaudissements sont acquis d'avance et avant tout aux gens d'esprit qui travaillent pour son plaisir. Si M. Prévost-Paradol a eu quelque goût pour l'enseignement supérieur, il n'avait assurément aucune vocation pour l'enseignement de collége. Cependant il ne se hâta pas de suivre ses camarades dans leur volée vers les régions profanes; il s'arrêta, lui, dans les régions académiques. Déjà, de son banc de l'École normale, il vous avait adressé, Messieurs, un *Éloge de*

Bernardin de Saint-Pierre, où le rapporteur à jamais regrettable de vos concours, M. Villemain, se plaisait à signaler la plus exquise des qualités littéraires. « Le goût, disait expressément ce juge incomparable, a marqué toutes les pages de ce premier essai public d'un rare et brillant jeune homme. » Le prix d'éloquence fut décerné, au mois d'août 1852, à M. Prévost-Paradol ; il avait alors vingt-trois ans. A parler exactement, et bien que l'*Éloge de Bernardin de Saint-Pierre*, par la date de sa composition, fût le premier de ses essais, quelques morceaux moins considérables, mais empreints du même goût, des articles publiés avant la proclamation de son succès académique, avaient provoqué l'intérêt d'un certain nombre de lecteurs attentifs et choisis. Un recueil universitaire, la *Revue de l'instruction publique*, jusque-là un peu obscur et consacré plus spécialement à d'utiles travaux de pédagogie et de grammaire, venait, par une heureuse fortune, de s'associer deux jeunes écrivains qui lui apportèrent l'éclat tout d'un coup, M. Prévost-Paradol et Hippolyte Rigault. Permettez-moi, Messieurs, de m'arrêter un instant sur un nom qui m'est cher : c'est celui d'un contemporain de mes études, d'un collègue, d'un compagnon dans cet enseignement public où j'ai passé les années de ma vie dont je m'honore le plus. Laissez-moi dire qu'en ce moment où le peu que j'ai pu faire reçoit une si grande récompense, je cherche au milieu de vous la place où Rigault devrait être, car il méritait de vous appartenir, par le talent et par le cœur.

C'est en 1852 que Rigault conquit la renommée en soutenant dans la *Revue de l'instruction publique*, avec une érudition digne du seizième siècle, mais d'une manière plus souple et plus polie, la cause des grands écrivains de l'antiquité classique, attaqués par un zèle maladroit. A côté de lui et à la même heure, celui qui devait, quelques années plus tard, porter l'art de la polémique à sa perfection, M. Prévost-Paradol exerçait, par des travaux d'un ordre plus paisible, la finesse élégante de sa plume ; les comptes-rendus académiques étaient son partage. Pour ses débuts, il fit insérer dans le même numéro deux articles, l'un sur la séance annuelle de l'Académie des sciences morales et politiques où avait été lu, avec un succès qu'il est superflu de noter, l'éloge de M. Droz, l'autre sur une discussion de thèse en Sorbonne où M. Cousin avait donné, selon sa coutume, avec cette verve que je n'ai pas besoin de rappeler davantage. Les sympathies très-vives, mais un peu capricieuses, de M. Cousin furent-elles pour un certain temps acquises à M. Prévost-Paradol? je l'ignore; ce que vous savez tous, Messieurs, c'est que le jeune écrivain trouva dès lors, chez l'illustre secrétaire perpétuel de l'Académie des sciences morales, une part d'affectueuse estime, élargie bientôt jusqu'à devenir une amitié sincère, et à laquelle M. Prévost-Paradol se fit honneur de répondre par l'expression publique d'une reconnaissance qui ne s'est jamais démentie. Heureux celui qui, dès son entrée dans les lettres, rencontrait les conseils et la direction d'un tel guide! Plus heureux, s'il avait toujours suivi l'exemple de ce sage qui, après avoir écrit en grand historien sur la politique, pouvait être tenté d'y prendre un grand rôle, et qui, en donnant des limites à son action, n'a pas craint d'en donner à sa gloire !

C'est à la bienveillance de ce maître éprouvé que M. Prévost-Paradol porta l'hommage de l'écrit le plus étendu qu'il ait jamais livré au public. Il s'était attaqué à l'un de ces sujets que l'on aborde quelquefois avec l'audacieuse familiarité de la jeunesse, mais dont on s'écarte à distance respectueuse quand on a un peu plus d'expérience et de maturité ; il avait fait une *Revue de l'histoire universelle* et il avait, sans frémir, cité Bossuet dans la préface. Ce n'était point, il est vrai, pour l'éducation d'un prince qu'il avait entrepris ce travail ; c'était plus simplement pour l'éducation des jeunes filles. Ramenée à cet objet modeste, l'entreprise était formidable encore ; dire qu'il y a tout à fait réussi, ce serait trop de complaisance : reconnaître qu'il y a mis beaucoup de talent, d'art et de souplesse, et qu'en fin de compte, il en est sorti, comme d'une affaire trop difficile à soutenir, avec les honneurs de la guerre, c'est la bonne justice que l'on doit lui rendre. Cette tentative d'ailleurs lui fut pour le moins aussi profitable qu'à pas une de ses lectrices. De même qu'il avait refait à l'École normale ses humanités, il refit, à cette occasion, son éducation historique, et l'on a remarqué judicieusement que ce vaste recueil de faits et d'idées devait être un arsenal pour le polémiste futur.

Un an après, en 1855, nous trouvons de lui deux morceaux d'histoire dans des cadres restreints ; l'un a pour titre : *Élisabeth et Henri IV;* l'autre est une étude, plus historique que littéraire, sur la vie et les œuvres de Swift. C'étaient les thèses qu'il avait préparées pour le doctorat et dont la dernière a été publiée telle qu'il l'avait d'abord écrite, c'est-à-dire en français, avant de la traduire en latin pour satisfaire aux usages de la Faculté des lettres. Le fond de la première, ce sont les négociations poursuivies entre deux alliés, l'un desquels, Henri IV, veut se tirer convenablement d'une alliance qui lui est une gêne et un obstacle pour faire la paix avec le roi d'Espagne, tandis que la reine Élisabeth hésite au contraire et répugne même à le tenir quitte de ses premiers engagements. Il y a eu, dans ces négociations, dont la correspondance officielle et surtout le journal particulier de l'envoyé français, Hurault de Maisse, relatent les péripéties, tant d'intrigues mêlées et par conséquent tant d'embarras qu'il ne faut pas s'en prendre à M. Prévost-Paradol s'il en reste quelque chose dans son récit; mais tout ce qui peut servir à peindre les personnages au physique et au moral, caractères et costumes, incidents de cour et détails de mœurs, y est saisi sur le vif, esquissé d'après nature et rendu de main de maître. Rien de plus singulier par exemple que ces déshabillés galants avec lesquels la grande Élisabeth se produisait aux regards surpris de l'ambassadeur, et se plaisait à le déconcerter, un peu moins peut-être qu'elle ne se l'imaginait, par un mélange original de la coquetterie et de la politique.

L'ordre, la méthode, la composition en un mot, doivent rendre, à mon sens, l'*Étude sur Swift* préférable à l'autre; par l'exécution elle ne lui est certainement pas inférieure; il s'en faut de bien peu que ce ne soit un morceau achevé. L'auteur a dû y prendre un plus vif plaisir parce qu'il y a pris sans doute un intérêt plus personnel. M. Prévost-Paradol ne s'était pas encore essayé dans la polémique; c'est peut-être l'exemple de ce virulent journaliste, de ce pamphlétaire de génie, qui lui a révélé sa propre vocation.

Le voici bien près de la politique; il nous semble qu'il y va toucher : pas tout à fait encore. Un détour l'en éloigne et le ramène pour la dernière fois dans le domaine des lettres pures; le professorat, auquel il a paru d'abord se préparer, le réclame. Le 1er décembre 1855, il est chargé du cours de littérature française à la Faculté d'Aix. Il n'y demeure qu'un an, le temps de séduire son auditoire, de ravir son admiration, et d'emporter ses applaudissements avec ses regrets. C'est à cette période de transition qu'appartiennent, non point à l'état définitif et parachevé, comme il nous les a données plus tard, mais dans leur conception première, les Études sur les moralistes français qu'il avait pris pour thème de ses leçons, et le mémoire sur le *Rôle de la famille dans l'éducation*, un de ces sujets graves à propos desquels on n'improvise pas, où le talent le plus habile ne peut suppléer la méditation et l'expérience personnelle. Écrit pour l'un des concours de l'Académie des sciences morales, le mémoire du jeune professeur y obtint le second prix. Lorsque cette récompense lui fut décernée, l'auteur était déjà revenu à Paris et lancé définitivement dans la politique.

Ici nous retrouvons le souvenir de Rigault. Il y a sur lui un mot de M. Prévost-Paradol, charmant de sentiment et de justesse, quand il nous découvre l'âme de cet ami généreux et « son ardeur à se chercher des émules ». C'était en effet Rigault qui l'avait fait revenir d'Aix pour le produire dans une société d'hommes d'esprit, bien élevés, lettrés et aimables, savants et polis, appelés à porter des jugements sur toutes choses, et les portant avec une compétence reconnue et une bonne grâce parfaite. Messieurs, c'est un journal que je veux dire; mais parce que, dans les traits généraux que je viens d'esquisser, il pourrait y avoir un certain air de famille commun à la presse, et que d'autres — Dieu me garde de les désobliger ! — seraient tentés peut-être d'y trouver leur ressemblance, je suis bien obligé de particulariser davantage. Le journal que j'ai en vue est, à proprement parler, un salon tout voisin du vôtre et comme votre salle des conférences, car on y passe volontiers pour entrer chez vous; il n'y a qu'une porte entre-deux; on y frappe de temps en temps et vous n'hésitez guère à ouvrir, sachant que les visiteurs qui se présentent par là sont de mérite à tenir leur coin dans votre compagnie. La méprise à présent ne me paraît plus possible et je n'ai pas besoin, ce me semble, de nommer le *Journal des Débats*.

On fit au nouveau venu la réception la plus encourageante; il fut accueilli surtout avec une bonté paternelle, c'est son expression même, par l'éminent écrivain qui dirigeait alors la rédaction du journal, et qui est à présent tout à vos travaux. Puis-je mieux faire que de citer, à l'honneur de l'un et de l'autre, le témoignage que lui a rendu M. Prévost-Paradol? «Homme singulier dans la presse ! a-t-il dit ; la politique ne l'a pas enveloppé tout entier : aussi n'a-t-il jamais livré que la moitié de son cœur aux agitations du temps ; il maintenait la meilleure partie de lui-même dans des régions plus pures, et c'est par là qu'il pouvait se soutenir et se réparer. »

Il y avait encore un maître que je puis bien nommer ainsi, car il a été le mien, et je lui dois, aujourd'hui surtout, l'hommage de ma reconnaissance. Venu après les grands professeurs qui ont illustré cet âge héroïque de la Sorbonne dont, grâce à Dieu, nous pouvons admirer, en l'entourant de nos respects, le dernier et glorieux représentant, ce maître voyait accourir autour de sa chaire une foule pour qui le plus vaste amphithéâtre n'était pas assez large, et il la retenait, non pas en la flattant, mais en lui disant ses vérités, comme il savait dire ailleurs les siennes au pouvoir, avec toute la force du bon sens et toute la malice de l'esprit le plus finement aiguisé. Dans l'enseignement comme dans la presse, M. Prévost-Paradol ne pouvait pas se proposer un plus excellent modèle, et il avait bien raison de dire alors qu'il n'enviait rien de plus qu'une semblable destinée.

Il fut mis tout de suite à la politique, épreuve difficile, car à cette époque, sous un pouvoir ombrageux et fortement armé, la condition des journaux était bien précaire. Un jour M. Prévost-Paradol a voulu en donner à ses lecteurs l'idée la plus exacte, et voici comme il s'y est pris : « Qu'on le regrette ou qu'on s'en réjouisse, tout le monde s'accorde à reconnaître que la presse française est aujourd'hui, entre les mains de l'autorité centrale, à peu près comme Gulliver était entre les mains du géant qui l'avait ramassé dans les blés : « Il me prit par le milieu du corps entre l'index « et le pouce, et me souleva à une toise et demie de « ses yeux pour m'observer de plus près. Je devinai « son intention et je résolus de ne faire aucune résis- « tance, tandis qu'il me tenait en l'air à plus de « soixante pieds de terre, et quoiqu'il me serrât hor- « riblement les côtes, par la crainte qu'il avait que je « ne glissasse entre ses doigts. Tout ce que j'osai faire « fut de lever les yeux vers le ciel, de joindre les « mains dans la posture d'un suppliant, et de dire « quelques mots d'un accent humble et triste, con- « forme à l'état où je me trouvais, car je craignais à « chaque instant qu'il ne voulût m'écraser, comme « nous écrasons d'ordinaire les petits animaux qui « nous déplaisent. » Que fera le pouvoir gigantesque qui tient ainsi la presse française suspendue entre ciel et terre? Serrera-t-il de plus en plus les doigts, jusqu'à ce que soit étouffée l'ingénieuse petite créature qui a nourri tant de grandes pensées et qui a répandu de si belles paroles jusqu'aux extrémités du monde? » Cet échantillon, Messieurs, vous donne toute la manière de l'écrivain; ce sera du Swift adouci, poli, ajusté aux convenances de l'esprit français; ce sera, selon la définition de l'écrivain lui-même, « cette manière discrète et délicate qui permet de tout dire à qui sait tout comprendre » ; et il ajoute : « J'entourerai mon épée de feuilles de myrte, dit quelque part un hymne athénien ; bon conseil en vérité : pour être invisible, la pointe du glaive n'en est pas moins acérée. »

Quoi qu'ait pu penser de sa propre condition M. Prévost-Paradol, quoiqu'il se soit plaint d'être né trop tard ou trop tôt, la vérité est que, comme journaliste au moins, il est venu précisément à son heure. Ç'a été, dès ses premiers articles, l'opinion des bons juges que cette contrainte imposée à la presse d'alors était particulièrement favorable à son génie de polémiste; et cette opinion est si vraie que, lorsqu'il a pu, sur un sujet de politique générale, s'exprimer plus librement et s'étendre, l'appétit de lecture qu'il excite ailleurs est ici plus tôt satisfait. C'est qu'il y manque la force de l'esprit comprimé. La compression toutefois ne faisait pas jaillir sa pensée avec une violence que les circonstances lui interdisaient et qui d'ailleurs ne lui était pas naturelle; mais elle donnait à son expression un certain tour qui s'accordait mieux avec la délicatesse de son tempérament, l'ironie. Il y a, selon lui, trois manières, pas davantage, de parler des affaires publiques, bassement, nettement et légèrement; et il nous assure que c'est bien contre son gré qu'il se réfugie dans la troisième manière; cependant il sent bien qu'il y est chez lui, sur le terrain qui lui convient le mieux, et si quelqu'un s'avise de contester l'efficacité morale de l'ironie, il faut voir comme il prend feu sur une question qui lui est personnelle : « Si l'ironie disparaissait du monde, elle emporterait le dernier asile, que dis-je? la dernière dignité du faible et de l'opprimé. L'indomptable et insaisissable ironie, qui enveloppe et dissout peu à peu les dominations les plus superbes, a souvent servi les meilleures causes qu'on puisse défendre en ce monde, et l'on a vu des temps malheureux où le sourire d'un honnête homme était la seule voix laissée à la conscience publique. » L'ironie est son arme favorite, son épée de chevet; il ne permet pas qu'on l'émousse. Le coup d'œil sûr, la main preste, il avait tout pour réussir dans ce genre d'escrime; aucun de ses coups n'était perdu. Un bon connaisseur, qui lui-même y était passé maître, M. Sainte-Beuve, ne lui marchandait pas les louanges. « Il tirait sur nous, sur nos amis, mais il tirait bien, disait-il; c'est une justice qu'on aime à se rendre en France, même entre adversaires. » Pour achever la citation, le même écrivain me fournit dans un autre endroit cet adage : « Il vaut toujours mieux avoir les gens d'esprit pour soi que contre soi. » Voilà l'éloge expliqué; s'il y entre un peu d'intérêt, après tout, la courtoisie n'en vaut pas moins, et le compliment reste aussi mérité que sincère. Je dois dire que jusqu'à la fin les rapports de M. Sainte-Beuve avec M. Prévost-Paradol furent excellents; ils avaient du goût l'un pour l'autre.

Le journal où le brillant polémiste avait fait une si rapide et si éclatante fortune avait des habitudes de prudence qui gênaient un peu trop, au gré de M. Prévost-Paradol, la fantaisie de ses allures; il ne voulait point s'en séparer, c'eût été de l'ingratitude; mais il souhaitait de trouver, dans les environs, un terrain où il pût, à l'occasion, s'espacer davantage. Des amis, champions généreux des idées libérales, lui en fournirent les moyens; le *Courrier du Dimanche* lui fut ouvert. Tous les quinze jours, il y insérait, sous forme de lettres ou de dialogues, des morceaux plus étendus et plus libres. Il y avait alors un grand salon politique dont l'anarchie sauvage de l'an dernier a fait une ruine, sans pouvoir atteindre, heureusement, l'esprit qui l'animait naguère, et qui, plus vif que jamais en présence du danger, s'ingéniait pendant ce temps, à Versailles, pour le salut de Paris et de la société française. Accueilli depuis longtemps dans ce salon avec bienveillance, M. Prévost-Paradol y eut ses grandes entrées dès qu'il eut pris sa place au premier rang de la presse. L'illustre historien, dont l'intelligence est faite de lumière, et qui venait d'éclairer jusqu'au fond les grandeurs et les faiblesses du premier Empire, avait remarqué les infirmités du second et en connaissait bien les parties vulnérables. L'homme d'État avait commencé, lui aussi, par être journaliste, et le jeune écrivain lui plaisait. Sans prendre absolument des directions, M. Prévost-Paradol reçut au moins des conseils qui s'ajoutèrent à ce qu'il avait déjà lui-même d'expérience acquise. Toujours est-il que dès lors il régla mieux ses visées et rectifia son tir. Les coups suivis, rapides, portaient avec une précision mathématique. Ce fut pour l'adroit tireur une succession de triomphes que ne gâtèrent pas, bien au contraire, les représailles de l'adversaire irrité. Enfin il y eut un jour où, dédaignant un peu trop l'habile tactique qui lui avait si bien profité jusque-là, il se découvrit, marcha droit à l'ennemi, le fer à la main, et lui fit une blessure profonde et sanglante. Ce jour-là, ce n'etait pas de myrte qu'il avait entouré son épée; c'était de je ne sais quelle plante au suc amer et âcre. Aussi bien, Messieurs, vous vous rappelez cette application virulente d'un passage de Gulliver; car c'était encore de Swift que M. Prévost-Paradol s'était inspiré. Le *Courrier du Dimanche* avait déjà subi huit avertissements, deux suspensions, une condamnation judiciaire : il fut supprimé de ce coup.

Ici, Messieurs, se termine l'œuvre polémique accomplie pendant dix années par M. Prévost-Paradol; pour avoir tout ensemble son œuvre politique, il faut y ajouter le livre qu'il a publié en 1868 sous ce titre : *la France nouvelle*. Le succès de cet ouvrage, très-grand dès l'origine, a été ravivé, dans ces derniers temps, par le spectacle des événements cruels qu'avait entrevus la sagacité inquiète de l'auteur. Le chapitre où, passant en revue les gouvernements qui se sont succédé chez nous depuis 1789, il constate, avec leur chute, nos échecs en quelque sorte périodiques; celui où il a rassemblé, sans les y comprendre tous, les signes les plus apparents de la décadence d'un peuple; le dernier enfin qu'il a marqué comme d'un point d'interrogation en écrivant en tête ces deux mots : *de l'Avenir*, et dans lequel, après avoir mesuré les forces de l'Allemagne unie, obéissant à la même impulsion, il a calculé les chances inégales et les résultats d'une lutte que d'irréparables fautes avaient rendue fatale, toutes ces pages sont du plus douloureux, mais du plus actuel et du plus pressant intérêt. A-t-il résolu le problème de l'avenir? L'expédient qu'il propose n'est point une solution et ce n'est pas en Algérie que se refera la grandeur de la France. Au reste peut-on lui reprocher d'avoir laissé tout entier le problème? Celui qui le résoudra, s'il plaît à Dieu, sera un grand génie, le plus grand peut-être qu'on aura jamais vu en ce monde.

Il y a ainsi, dans l'œuvre de M. Prévost-Paradol, beaucoup de morceaux qui nous saisissent aussi vivement qu'à l'époque où nous les avons lus d'abord ; il en est d'autres qui ont perdu de leur premier attrait et de leur force. C'est le souci de tout écrivain que l'effet inévitable du temps sur son œuvre; c'est l'inquiétude surtout de celui qui écrit à un certain moment sur un certain détail; ç'a été la préoccupation de M. Prévost-Paradol, et elle a été d'autant plus grande que les rigeurs exercées de son temps contre la presse lui ont paru à la fois plus odieuses et plus contraires à sa renommée. A ne considérer que le succès du moment, il n'était pas fondé à se plaindre que son talent fût mis à la gêne, car c'était la condition même du succès; mais il se plaignait justement quand il songeait à l'avenir. L'écrivain avait raison lorsque le journaliste avait tort. Qu'est-ce le plus souvent qu'un recueil d'articles de journal ? Un herbier. Vous vous rappelez une fleur que vous avez admirée un jour; vous avez encore la sensation toute fraîche de son vif éclat, de son parfum pénétrant; elle vous a causé tant de plaisir que vous l'avez conservée; si vous m'en croyez, ne la recherchez pas et contentez-vous de votre souvenir; autrement vous ne retrouveriez plus qu'un document botanique. Tous les recueils d'articles ne sont pas des herbiers. La vie s'y conserve à mesure que l'intérêt s'y élève. Les détails se flétrissent, les incidents se décolorent ; mais les vérités générales et les idées généreuses ne passent pas; le temps ne peut rien contre elles, et, lorsqu'un souffle littéraire les anime, elles traversent les âges avec leur immortelle beauté.

C'est pour cela que la renommée de M. Prévost-Paradol ne souffrira pas ; son recueil se réduira peut-être, mais tout ce qu'il contient de littérature en sauvera la meilleure part. Et quand bien même il s'en irait dispersé, jouet des vents, çà et là, feuille à feuille, voici un petit volume qui ne sera diminué ni d'une page ni d'une ligne : les *Études sur les moralistes français* sont le chef-d'œuvre de M. Prévost-Paradol; s'il a si bien compris les modèles, c'est qu'il était fait lui-même pour prendre son rang auprès d'eux. Cette intelligence déliée, cette délicatesse de perception, ce vif sentiment des impressions et des nuances, autant de qualités excellentes, autant d'instruments ténus pour l'analyse du cœur humain; et ce style assoupli à tous les caprices de l'ironie, c'était le vêtement le mieux ajusté qui se pût faire aux fines pensées du moraliste. Ce livre a été l'œuvre de prédilection de M. Prévost-Paradol; il y a mis un soin, une recherche du fini qu'on ne remarque pas au même degré dans ses autres ouvrages; c'est ici qu'il est arrivé à la perfection de l'art d'écrire. Dans ce volume de pure littérature, je ne m'étonne guère de retrouver un coin de politique : était-il possible à l'auteur de s'en désintéresser tout à fait? Il vient d'étudier La Boétie et d'analyser le traité de la *Servitude volontaire;* mais, depuis le seizième siècle, le despotisme s'est produit sous des formes nouvelles et l'on a vu des peuples sacrifier différemment leurs droits et leurs libertés aux pieds d'un maître. Les raisons générales qui suffisaient à La Boétie pour expliquer la tyrannie et la servitude ne répondent plus à toutes les conduites ; c'est pourquoi M. Prévost-Paradol reprend la question pour son compte, et il montre comment et dans quelles circonstances variables selon les temps, les lieux, l'état des sociétés, l'obéissance légitime et nécessaire d'un peuple peut s'altérer et se dégrader jusqu'au lâche abandon de ses plus chers intérêts. En complétant l'œuvre de La Boétie, M. Prévost-Paradol est dans son droit, et bien qu'il n'y ait pas à se méprendre sur l'objet qu'il a en vue, le sujet en lui-même est assez largement compris pour franchir les limites étroites de l'allusion, et traité d'assez haut pour passer dans l'ordre des vérités générales. Il est également dans son droit lorsqu'il soutient la protestation de Vauvenargues contre Pascal en faveur de la nature humaine, et lorsqu'il apporte au champion du dix-huitième siècle, avec son propre concours, l'autorité de deux philosophes, l'un que par le fait Vauvenargues ne connaissait pas, l'autre qu'il ne pouvait absolument pas connaître, Spinosa et Kant. Son intervention n'a donc rien qui me surprenne, mais je suis frappé de l'insistance avec laquelle il revendique pour

Vauvenargues l'honneur d'avoir traité à fond le problème du libre arbitre et de l'avoir résolu contre la liberté humaine. L'état, ou pour mieux dire, l'habitude de son âme m'est ainsi révélée, comme elle me l'est plus loin par le simple titre des trois morceaux qui terminent ce volume : *l'Ambition, la Tristesse, la Maladie et la Mort*. Ces morceaux appartiennent en propre à l'auteur ; ajoutés aux Études qui précèdent, ils marquent la place qui lui était réservée, s'il avait voulu la prendre, à côté des grands moralistes. Mais, entre deux vocations, il a méconnu ou plutôt il a sacrifié la meilleure.

Il a dédaigné l'observation de nos agitations intérieures pour courir aux agitations du dehors ; c'est un trait de ressemblance avec Vauvenargues. « L'action ! a-t-il dit ; voilà le mot qui revient peut-être le plus souvent dans les écrits de Vauvenargues ; voilà l'image et le rêve qui obsédaient sa pensée ; et il entendait surtout par l'action l'influence sur les affaires humaines, la lutte de l'intelligence aux prises avec les difficultés et avec les hommes. » Je trouve encore ce passage d'un Essai sur M. de Tocqueville : « C'était le temps où écrire avec éclat sur la politique paraissait un titre pour participer aux affaires du pays, et l'on n'avait pas encore découvert l'incompatibilité radicale qui paraît s'être établie depuis ce temps-là entre l'action et la pensée. M. de Tocqueville était ambitieux et de l'ambition la plus légitime, celle d'arriver par l'élection à siéger dans une assemblée libre. » Touché d'une ambition pareille, M. Prévost-Paradol se présenta aux élections générales de 1863, à Paris et dans la Dordogne. Il avait vaillamment combattu, toujours au premier rang, pour la cause libérale, et il portait les marques honorables des luttes qu'il avait soutenues; il avait revendiqué par ses écrits les droits que la nation s'était laissé ravir, et il s'offrait pour contribuer plus efficacement à les lui faire rendre. Mais il ne connaissait pas le suffrage universel, ou plutôt le suffrage universel ne le connaissait pas. La couche supérieure de la société avait seule éprouvé l'effet de sa culture intelligente; c'était un sol riche, meuble, tout propre à être façonné par une main légère; mais au-dessous, pour entamer le tuf compacte et résistant, il fallait un bras plus vigoureux, un travail moins délicat, des instruments plus solides. Il échoua dans sa double tentative; ce fut pour ses illusions une déception amère. L'ignorance ou l'indifférence du suffrage populaire lui parut une injustice insupportable. Trois ans plus tard, lorsque le *Courrier du Dimanche* fut supprimé, il eut un mécompte aussi violent. « Le peu d'émotion que cette mesure a produit en dehors de la classe éclairée, écrivait-il au mois d'octobre 1866, peut servir à nous rappeler une fois de plus que les progrès de la démocratie n'ont rien à faire avec les progrès de la liberté, et qu'une société peut devenir de plus en plus démocratique sans avoir même l'idée de ce que c'est qu'un État libre; » et il ajoutait : « Ne suis-je pas devenu une sorte de proscrit dans la république des lettres? » Plainte excessive et qui paraîtrait injuste, s'il ne fallait pas rapporter l'expression, sans trop de rigueur, aux lettres associées à la politique; car il ne pouvait avoir oublié qu'ici, dans cette enceinte, vous veniez de lui donner l'hospitalité littéraire. Mais, Messieurs, vous l'aviez choisi si jeune qu'il ne s'était point fait encore à cette glorieuse retraite. En 1869, il éprouva de nouveau l'ingratitude électorale; Nantes lui donna moins de voix qu'il n'en avait obtenu, dans les élections précédentes, à Périgueux et à Paris. Irrité, découragé, dégoûté même d'écrire, il fut tenté d'abandonner aux distractions faciles un temps qu'il ne consacrait plus volontiers au travail. Cependant il n'était pas guéri de son ambition, c'était un feu qui couvait au fond de son âme; au moindre souffle la flamme s'agitait, un vent nouveau la fit jaillir. Le 2 janvier 1870 fut pour M. Prévost-Paradol en particulier une date mémorable.

« L'essence du gouvernement parlementaire, avait-il écrit dès son entrée dans la presse politique, c'est d'ouvrir à l'ambition aidée du talent et aspirant au pouvoir, un chemin si large et si droit qu'on peut s'y engager sans s'alléger de sa conscience, et qu'on peut le suivre jusqu'au bout sans rien perdre de ce qui assure aux hommes publics l'estime générale et leur propre estime. » Qu'il ait cru sincèrement à la renaissance des institutions parlementaires, à leur application loyale et complète, à l'achèvement définitif et régulier de l'évolution qui commençait à s'accomplir, je n'en fais, Messieurs, aucun doute. Qu'il ait eu tort ou raison d'y croire, c'est une question que je n'ai point ici l'intention de décider ni d'examiner même; ce n'est ni le lieu ni le moment d'user des franchises de l'histoire.

M. Prévost-Paradol avait accepté le poste de ministre de France aux États-Unis; il y fut nommé le 12 juin; il partit le 1er juillet, pour s'y rendre. La veille, au Corps législatif, le principal organe du gouvernement déclarait en termes exprès « qu'à aucune époque le maintien de la paix en Europe ne lui avait paru plus assuré, et que, de quelque côté qu'il portât ses regards, il ne voyait aucune question irritante ». C'était bien avec cette confiance que M. Prévost-Paradol s'était embarqué pour l'Amérique. La politique et les affaires de la légation, disait-il à ses amis, allaient lui laisser des loisirs; il comptait les employer à poursuivre, sur cette grande et singulière nation, les études admirablement faites en son temps par M. de Tocqueville, mais auxquelles trente-cinq nouvelles années, dans la vie d'un peuple si prompt à développer sa puissance, exigeaient impérieusement, selon lui, qu'il fût donné une suite. Et puis, les matériaux de son travail recueillis, riche d'observations personnelles et de connaissances acquises, il reviendrait bientôt en France prendre sa place légitime et désormais incontestable dans les assemblées qui donnent le pouvoir. Telles étaient sans doute les espérances dont il berçait les ennuis de la traversée. Mais tandis que le navire qui portait le ministre de France et sa fortune glissait rapidement sur les lames, au-dessous, dans les profondeurs sombres de l'Océan, la foudre, — car l'électricité n'est pas autre chose, — passait et jetait au Nouveau-Monde la nouvelle qui venait d'éclater dans l'Ancien. La note du 6 juillet agitait toute l'Amérique depuis cinq jours lorsque, chez les passagers impatiemment attendus, rien ne troublait encore la sécurité des esprits dans le salon du *La Fayette*. Ils arrivèrent enfin. La science connaît ce phénomène qui s'appelle le choc en retour; ainsi fut frappé M. Prévost-Paradol. Il fut étourdi d'abord et il essaya de douter. Il avait bien songé par moments à la guerre; il l'avait même annoncée dans la *France nouvelle*, mais idéalement en quelque sorte et dans le vague indéterminé du temps; il ne l'attendait certainement pas à si courte échéance. Cependant les mauvais bruits se suivaient avec une rapidité violente: les armements, la déclaration du 15 juillet, la rupture. Sous ces coups redoublés, M. Prévost-Paradol défaillit: il tomba foudroyé, le 19 juillet, treize jours avant l'engagement de Sarrebrück. Saluons, Messieurs, la première victime de la guerre.

Vous me reprocheriez avec raison, je me reprocherais moi-même de vous laisser sur cette fin tragique. Permettez-moi de vous ramener de quelques mois en arrière : je voudrais replacer l'image de M. Prévost-Paradol dans le cadre où j'aurais toujours aimé à la voir, dans la paisible région des lettres pures, au milieu de vous, dans cette enceinte. Vous n'avez pas oublié assurément la séance du 9 décembre 1869, la dernière que vous ayez tenue publiquement, avant la guerre, pour la distribution de vos récompenses annuelles. C'est là que vous attendez d'ordinaire celui d'entre vous, Messieurs, à qui vous avez confié la tâche de faire le rapport sur les prix de vertu, épreuve justement redoutée, car le sujet est toujours le même; si fécond qu'il soit, il faut bien reconnaître que, depuis tant d'années, le meilleur en a été moissonné, souvent par de grands maîtres, et qu'il ne reste plus qu'une glane, chaque fois plus rare et plus stérile. Mais c'était M. Prévost-Paradol qui présidait ce jour-là, et vous n'aviez pas plus de doute sur le mérite de son discours qu'il n'avait lui-même de souci ; et en effet il s'en tira si naturellement, il tourna l'écueil avec une aisance si élégante qu'on ne pouvait même pas soupçonner la difficulté de la manœuvre. Je vois encore M. Villemain, à moitié tourné et penché vers lui, les yeux à demi clos, souriant à cette jeunesse fortunée qui lui rappelait les brillants triomphes de la science. L'orateur avait si bonne grâce à se déclarer, avec Boileau,

> Ami de la vertu plutôt que vertueux ;

il louait avec une si fine galanterie la charité féminine, que l'auditoire charmé, vraiment suspendu à ses lèvres et craignant de perdre une seule de ses paroles, contenait à grand'peine ses applaudissements qui éclatèrent à la fin aussi vifs que j'aie souvenance d'en avoir jamais entendu sous ces voûtes; et lui cependant, radieux de ce grand succès, goûtait sans arrière-pensée une satisfaction sans mélange. Ce fut une belle journée pour lui, la plus belle et la dernière. Voilà, Messieurs, l'image de M. Prévost-Paradol que je voudrais graver dans vos souvenirs. Laissez-moi souhaiter qu'elle puisse autant vous plaire que j'ai eu, pour moi, de plaisir à la peindre.

DISCOURS

DE

M. D'HAUSSONVILLE

DISCOURS

DE

M. D'HAUSSONVILLE

DIRECTEUR DE L'ACADÉMIE

EN RÉPONSE

AU DISCOURS PRONONCÉ PAR M. ROUSSET

POUR SA RÉCEPTION

A L'ACADÉMIE FRANÇAISE

LE 2 MAI 1872

PARIS

LIBRAIRIE ACADÉMIQUE

DIDIER ET CIE, LIBRAIRES-ÉDITEURS

35, QUAI DES AUGUSTINS

1872

DISCOURS

DE

M. D'HAUSSONVILLE

MONSIEUR,

Vous venez de nous tracer un agréable tableau de la dernière séance publique tenue, avant la guerre, par l'Académie française, pour distribuer aux concurrents de 1869 ses récompenses annuelles. J'y assistais comme vous ; comme vous je crois voir encore, à la place que j'occupe en ce moment, ces figures du jeune homme et du vieillard toutes deux également fines et spirituelles, toutes deux souriantes, comme il convenait en un pareil jour; si différentes toutefois par l'expression; l'un portant avec légèreté et bonne grâce les promesses d'un avenir qui s'annonçait si brillant, l'autre assombri par l'âge, fatigué par les longues études, non moins que par les dévorantes épreuves de la vie publique, déjà replié sur lui-même, mais relevant avec une joie visible sa tête à demi inclinée aux accents de la voix généreuse dont l'éloquence lui rappelait, comme vous l'avez si bien dit, l'éclatant triomphe de ses premiers débuts. Avec quel plaisir n'avions-nous pas ensemble savouré les délicates jouissances de cette fête de l'intelligence ! Qui nous eût dit, Monsieur, qu'au jour alors si peu éloigné, où nous étions destinés à prendre la parole en ce même lieu, vous, pour y occuper la place conquise par votre talent, moi, pour vous y souhaiter la bienvenue, la France, après une désastreuse campagne de quelques mois, aurait perdu deux de ses plus belles provinces, tandis que, mutilée comme elle, cette compagnie aurait vu disparaître, presque du même coup, son doyen respecté, notre maître à tous, et le plus jeune de ses membres, objet de tant d'orgueilleuses espérances ?

Vous m'excuserez, Monsieur, de m'être un instant laissé aller à ces tristes impressions et d'avoir songé d'abord aux absents. Aussi bien, ces deuils de l'Académie ont presque été les vôtres ; et voici longtemps déjà qu'elle a pris l'habitude de vous considérer comme devant lui appartenir un jour. Dès l'année 1862, vous vous êtes désigné vous-même à son attention en présentant à ses concours vos quatre volumes sur Louvois. Avouez qu'elle n'a pas été insensible à cet hommage. Elle en a si bien senti la valeur qu'elle vous a maintenu pendant trois ans le grand prix d'histoire fondé par M. Gobert. Depuis lors, elle ne vous a guère perdu de vue ; et le succès obtenu par vos publications ultérieures l'a d'autant plus réjouie qu'elles justifiaient mieux ses premières préférences. Je ne sais si je m'abuse, Monsieur, et si l'amour des mêmes études me rend, à mon insu, partial à votre égard ; mais il me semble que, par une heureuse fortune, il vous a été donné d'exceller dans une branche de la littérature qui a fait, de nos jours, d'incontestables progrès, et qui répond merveilleusement aux secrets penchants de notre société moderne. C'est, en effet, l'un des mérites de l'histoire qu'elle contribue puissamment à distraire, ne faudrait-il pas dire à consoler, les générations mécontentes de leur sort. Plus sombre leur apparaît l'avenir, plus volontiers elles se rejettent vers le passé, comme dans une sorte de refuge. Elles s'y complaisent surtout quand elles espèrent y rencontrer un peu de soulagement pour les blessures de leur amour-propre national en souffrance.

C'est à des esprits ainsi disposés que vous avez eu la patriotique pensée de vous adresser pour les entretenir du terrible sujet qui s'impose aujourd'hui aux méditations de notre cher et malheureux pays, je veux dire l'origine et la formation, les abus et la décadence de nos institutions militaires, tour à tour instruments de notre force ou cause de notre faiblesse, auxquelles, suivant les temps, il nous faut rapporter tantôt de si éclatants triomphes, et tantôt de si amères déceptions. Mais que vous êtes trop avisé, Monsieur, pour avoir songé à mettre dès le début vos lecteurs dans la confidence d'un si sérieux dessein, ou pour leur avoir seulement indiqué vers quel but lointain vous entendiez les conduire ! Afin de dérouler sans fatigue pour vos lecteurs l'instructif tableau de la composition de nos armées, vour leur avez successivement offert la biographie de Louvois, la. correspondance du maréchal de Noailles, l'aimable esquisse de la carrière trop courte du séduisant comte de Gisors, puis, toujours dans le même dessein quoique moins accusé, vos deux volumes sur les volontaires de la première République, et sur la grande armée de 1813. Vous vous êtes ainsi résolûment installé au cœur même de l'histoire de France, ne craignant pas d'aborder de front un sujet tout empreint de grandeur magnifique, le plus attrayant qui fût au monde, mais aussi le plus redoutable.

Avec quel bonheur vous vous êtes tiré d'une entreprise si hardie, chacun le sait, Monsieur. Ce qui frappe toutefois quand on lit avec attention vos ouvrages, c'est que plus ils remontent loin dans le passé, plus ils sont remplis de faits nouveaux, de révélations inattendues, de détails nombreux, familiers et précis. A quoi cela tient-il ? D'où vous vient cette étrange bonne fortune de savoir le mieux ce qu'en général on ignore le plus ? Comment avez-vous fait pour connaître ainsi par le menu tant de choses qui se sont passées hors de votre portée ? Ceux-là seront disposés à s'en étonner davantage, et peut-être à vous envier un peu, qui ont appris par une pénible expérience à quel point les documents propres à éclairer certaines périodes de notre histoire nationale sont à la fois rares, stériles et contradictoires. A coup sûr, vous ne les avez pas trouvées dans les relations primitivement accréditées par les journaux du temps. En raison même de leur origine, ces informations demeurent aujourd'hui, pour tout critique tant soit peu réfléchi, aussi notoirement insufffisantes qu'elles sont justement suspectes. Il est vraiment piquant de constater ce qu'était la presse périodique à ses débuts, c'est-à-dire au temps de Richelieu. Ne croyez pas qu'aucun artifice de langage me fasse introduire ici par pure fantaisie le nom de notre illustre fondateur. N'en déplaise à mes confrères, et je ne soupçonne pas en quoi cela pourrait leur déplaire, c'est bien lui qui après avoir institué l'Académie française a, je ne dis pas dans le même but, mais presque en même temps, créé aussi le premier journal offert à la curiosité des Parisiens. Loin de moi la pensée que le grand homme d'État n'ait pas su alors ce qu'il faisait. Il est toutefois à peu près avéré qu'il entrait plus de camaraderie, si je puis me servir de ce mot, que de politique dans cet acte de Richelieu. Le sieur Renaudot, médecin de son état et, si l'on croit ses contemporains, plus riche d'esprit que de clientèle, était de Loudun; or cela n'a jamais nui, même sous l'ancien régime, d'être le compatriote d'un ministre tout-puissant. L'industrieux docteur dut à cette heureuse circonstance le privilége de la fondation de la *Gazette de France*. Avez-vous eu la curiosité, Monsieur, d'en feuilleter comme moi les premiers numéros ? Je doute qu'ils vous aient beaucoup appris. Ah ! que l'apprenti journaliste est prudent ! Il en aurait remontré à ses successeurs de tous les temps. Pour plus de sûreté, il commence par s'interdire absolument de parler de tout ce qui se passe en France. Il lui arrive régulièrement des nouvelles de Vienne, de Saint-Pétersbourg ou de Constantinople. Il n'ignore même pas les intrigues qui s'agitent à Téhéran auprès du schah de Perse. En revanche, il paraît ne pas savoir le premier mot de ce qui se dit à Vincennes ou bien à Saint-Germain. Une fois, c'était probablement en sa qualité de médecin, il se risque, vers 1631, si je ne me trompe, à annoncer que la reine et les dames de la cour se trouvent très-bien des eaux de Forges. Après une si grande témérité, il se tait pour quelque temps, mais attendez. Voici, en 1632, le roi qui entre en campagne. Louis XIII, vous le savez, se piquait de s'entendre, non moins que le cardinal de Richelieu, aux choses de la guerre ; il avait particulièrement le goût de surprendre les places fortes ou de les assiéger suivant les règles d'un art alors dans l'enfance, mais qu'au dire des hommes de la profession il possédait fort bien. Aussitôt la *Gazette* est remplie de récits détaillés sur l'investissement des citadelles de la Lorraine, sur les travaux entrepris pour s'emparer de Nancy, et sur le rôle personnel de Sa Majesté dans toutes ces grandes occasions.

Qui donc renseigne si bien M. Renaudot ? C'est le cardinal, c'est le roi lui-même. Richelieu ne se fait pas faute d'envoyer continuellement des articles à la *Gazette*. J'ai tenu, écrite de sa propre main et toute pleine de ratures, une note où Louis XIII prend la peine d'expliquer lui-même aux lecteurs de M. Renaudot le rôle important qu'il a joué dans je ne sais plus quel fait de guerre. Il n'en a pas été autrement sous Louis XIV. Vous nous avez montré Louvois surveillant plus tard avec attention les récits des campagnes de son maître en Flandre ou sur les bords du Rhin ; vous nous avez même agréablement conté comment, lorsqu'il voulait de très-bons articles, il prenait soin de les rédiger lui-même. De la part de si grands personnages, c'étaient, à coup sûr, de signalées faveurs. Il y avait cependant des compensations. Richelieu et Louvois, après avoir si gracieusement traité la *Gazette de France*, ne se sont, ni l'un ni l'autre, gênés pour lui adresser, à l'occasion, de vertes semonces, d'autres fois, ce qui a dû lui être plus sensible, pour suspendre la publication, ou modifier la teneur de ses articles, voire même pour supprimer complétement les numéros qui avaient le tort de leur déplaire. Avoir à sa naissance le pouvoir absolu pour parrain, aux bons jours pour collaborateur, et le reste du temps pour censeur, tel a été, dans le passé, le sort de la Presse française. Est-il bien sûr que pour elle les choses aient depuis beaucoup changé ? En tous cas, ce n'était pas dans ces feuilles écrites presque sous la dictée des hommes d'État français, qu'un esprit comme le vôtre s'attendait à découvrir la vérité dont il était avide. D'où vous est donc venue cette abondante moisson de matériaux encore inconnus, si curieux et si décisifs ? Il aurait été difficile de le deviner si vous ne nous aviez vous-même livré complaisamment votre secret.

Parmi les pages agréables que vous avez écrites, il y en a peu qui m'aient autant plu que celles où vous nous décrivez, avec une émotion si communicative, ce que vous avez éprouvé lorsque, pénétrant pour la première fois dans les archives du dépôt de la guerre, destinées à être prochainement placées sous votre habile direction, il vous a été donné de lier connaissance avec tant d'illustres figures, dont vous nous avez esquissé plus tard les portraits saisissants. «Les années que j'ai passées là, dites-vous dans la préface des volumes sur Louvois, sont certainement celles qui m'ont donné le plus de bonheur intellectuel et de jouissances parfaites. Nouer un commerce intime et de tête à tête avec les plus grands hommes d'un grand siècle ; tenir entre ses mains les lettres originales de Louis XIV, de Louvois, de Turenne, de Condé, de Vauban, de Luxembourg et de tant d'autres, dont l'écriture semble encore fraîche comme si elle était tracée d'hier ; démêler sans peine tous les secrets de la politique et de la guerre ; assister à la conception, à l'éclosion des événements ; surprendre l'histoire pour ainsi dire à l'état natif ; quelle plus heureuse fortune et quelle plus grande joie ! Je vivais au sein même de la vérité ; j'en étais inondé, pénétré, enivré. »

Vous n'avez pas fréquenté sans profit, Monsieur, cette belle compagnie. A feuilleter les lettres écrites par les contemporains des maîtres de notre langue, à vous imprégner de leurs pensées habituelles, vous avez gagné une façon d'écrire qui n'est pas sans avoir avec la leur un certain air de famille. Sans préméditation, sans calcul, sans nul archaïsme, votre style a pris quelque chose des allures de l'époque, de sorte qu'au moment où vous retirez la parole à vos personnages pour la prendre à votre tour, la transition est à peine sensible. On croit presque les entendre encore, tant vous avez su vous approprier les qualités de cette diction claire, aisée, élégante, qui revêt comme d'un habillement fait à leur juste mesure les données de la vérité et du bon sens. Ce serait toutefois méconnaître le mérite principal de vos œuvres que d'en vouloir louer surtout la forme. Le plus grand nombre de vos lecteurs vous saura plutôt gré, je le crois; de l'abondance extraordinaire, de la valeur considérable, de la rigoureuse exactitude des informations détaillées, par lesquelles vous avez réussi à mettre en pleine lumière certains événements des deux derniers siècles, entourés jusqu'à présent, malgré leur importance, de nuages épais que vos savantes recherches ont complétement dissipés. Quant à la mise en scène, vous y avez employé des procédés si simples que les connaisseurs sont peut-être seuls en état d'en soupçonner toute l'habileté.

On a souvent comparé l'histoire à la peinture. J'incline à croire qu'elle tient plutôt de l'art du statuaire. Le peintre a le privilége de choisir pour ses portraits le point de vue qui lui convient le mieux. Il l'impose même forcément au spectateur. Le sculpteur est, au contraire, tenu de faire des figures qui puissent être regardées sous tous les aspects. Les anciens ne considéraient pas, dit-on, comme parfaites les images des dieux, offertes dans les niches du temple, ou sur les autels, à l'adoration d'une foule tenue prudemment à distance. Ils trouvaient que les artistes négligeaient le plus souvent d'achever avec le même soin toutes les parties d'une statue qui ne devait jamais être envisagée que de face. Ils réservaient leur admiration pour les chefs-d'œuvre exposés dans les ateliers ou dans les édifices publics et que les curieux pouvaient contempler à loisir en en faisant le tour.

Être admis à faire le tour complet des personnages et des sujets dont on prétend l'entretenir, n'est-ce pas ce que le public attend aujourd'hui des historiens? Vous lui avez, Monsieur, donné, à cet égard, complète satisfaction par votre travail sur Louvois. Jamais le lecteur français n'avait été introduit si avant dans les secrets de ceux qui ont joué les rôles principaux au milieu des affaires politiques et militaires du règne de Louis XIV. Avec vous il passe derrière la toile et se trouve tout à coup transporté de la salle dans les coulisses. Vus du parterre, combien les acteurs lui paraissent imposants! Chose étrange! ils ne lui semblent pas l'être beaucoup moins lorsqu'il les coudoie de près et dans leur déshabillé. Ah! sans doute, vous faites subir une terrible épreuve à Louis XIV, à Louvois, à bien d'autres, lorsque vous mettez sous nos yeux toutes leurs dépêches, et jusqu'à leurs moindres lettres échangées chaque jour, lorsque vous nous faites ainsi assister aux irrésolutions, aux lenteurs, aux contradictions trop flagrantes, aux erreurs trop multipliées qui se rencontrent forcément dans la conduite des affaires humaines. Somme toute, ils ne sortent pas amoindris de vos mains. Vous ne l'auriez pas voulu, car vous êtes loin d'être défavorable à Louis XIV, à Louvois, à la plupart des généraux et des ministres de la vieille cour de Versailles. On ne surprend dans les portraits que vous nous en donnez aucun puéril engouement, mais surtout nulle trace de malveillance. Il ne vous en coûte pas d'être impartial à leur égard; vous semblez même prendre plaisir à faire valoir leurs solides qualités, sans appuyer plus que de raison sur quelques défaillances de jugement, ou sur certains défauts de caractère, sans doute, parce que vous vous reprocheriez de vous armer de trop de sévérité envers des hommes qui ont eu passionnément à cœur l'honneur de leur pays tel qu'ils le comprenaient, et qui ont mis tant de sérieux et tant de bonne foi jusque dans leurs travers et jusque dans leurs fautes.

Est-ce à dire qu'appouvant l'esprit qui vous les dicte, j'adhère à tous vos jugements? Il s'en faut de quelque chose, Monsieur, et j'aurais bien quelques réserves à vous indiquer. Je me suis, par exemple, demandé si, à force de pénétrer, par l'étude attentive que vous en avez faite, dans toutes les pensées de Louvois, et dans les mille détails de ses fonctions de ministre de la guerre, vous ne vous étiez pas exagéré parfois l'influence même accidentelle qu'il aurait exercée sur les déterminations d'un maître qui savait vouloir et qui voulait surtout se faire obéir. J'ajouterai même que c'est pour moi une question de savoir si la participation bien inégale mais évidente du tout-puissant monarque et de l'actif secrétaire d'État à la conduite des affaires pendant les années les plus agitées du XVIIe siècle, n'a pas été préjudiciable, je ne dis pas seulement aux intérêts de la France, mais à la bonne réputation de l'un et de l'autre. Je suis porté à le croire. Ce n'est pas une heureuse alliance, celle d'un prince impérieux avec un serviteur sans scrupules. Pareilles rencontres font jouer gros jeu aux nations qu'elles lancent dans de singulières aventures. Il est rare qu'elles soient toutes profitables et glorieuses. A la conquête de l'Artois et de la Franche-Comté ne tardent pas à succéder les incendies du Palatinat et les dragonnades du Poitou. Ce sont là de lourds souvenirs à porter devant la postérité. Aussi longtemps que la voix de la justice et de l'humanité trouvera de l'écho dans le cœur de l'homme, ils pèseront cruellement sur la mémoire de Louis XIV et de Louvois. C'est pourquoi les esprits convaincus qui voudraient persuader à la France moderne de renouer le fil tant de fois coupé de de ses antiques traditions agiront sagement en laissant exprès dans l'ombre ces deux personnages que vos écrits ne contribueront pas à rendre plus populaires, justement parce qu'ils les font mieux connaître. Sans sortir de nos annales, que ne mettent-ils de préférence en avant ces deux autres figures de Henri IV et de Sully si naturellement associées par la reconnaissance nationale? Il y aurait profit pour la cause qu'ils défendent à rappeler au pays les noms qui se rattachent au généreux octroi de l'édit de Nantes, plutôt que ceux qui ont été mêlés à sa déplorable révocation. Puisque c'est la mode un peu étrange chez nous d'évoquer, en temps de monarchie, les souvenirs de la république, et de nous reporter, quand nous vivons en république, aux meilleurs jours. de la monarchie, je me permettrai d'engager ceux qui cherchent leur idéal dans le passé à remonter encore plus loin que 89, au-delà même de Louis XIV et de Louis XIII, jusqu'à ce roi, un peu gascon mais si français, «le seul dont le peuple ait gardé la mémoire», qui trouvait que Paris valait bien une messe, qui a dû s'emparer à main armée de sa capitale, mais qui faisait jeter du pain par ses soldats à ses sujets révoltés, qui a mis à la raison les forcenés de la Ligue, cette Commune de son temps, qui a chassé les étrangers du sol de la patrie, et dont le rêve était de mettre une poule au pot des plus pauvres ménages de son royaume.

Si j'ai insisté, Monsieur, sur nos légères dissidences à propos de Louvois, c'est qu'il me fallait bien saisir l'occasion de vous contredire un peu. Je courais risque de ne la plus trouver dans ceux de vos ouvrages qui ont suivi. Vous y avez abordé bien des sujets de controverse, vous y avez apprécié les caractères de beaucoup de personnages importants. Je ne demanderais pas mieux que de contester; l'envie y serait, mais il n'y a pas moyen; nous sommes trop d'accord. C'est, à mon sens, un morceau d'histoire excellent que l'introduction que vous avez mise à la *Correspondance de Louis XV et du maréchal de Noailles*. Elle a surtout le mérite d'établir un point de départ très-juste entre les différentes parties d'un règne que le public, mal informé des détails, est tenté d'envelopper dans un égal mépris. « La vérité est toujours faite pour attendre, » avait dit Voltaire parlant avec mauvaise humeur des affaires de son temps. Elle vous devra, Monsieur, de n'avoir pas trop attendu. Si elle a, suivant vos heureuses expressions, « fait descendre Louis XIV de son Olympe, elle a aussi tiré Louis XV de ses bas-fonds. » Tous vos jugements sur cette époque sont aussi justes que sagaces. Non content de les prononcer avec une incontestable autorité, vous les appuyez de preuves indestructibles; car c'est votre méthode, la seule acceptable en histoire, de ne parler jamais que les preuves à la main. Vous avez ainsi redressé les injustices commises à l'égard de plus d'un loyal serviteur de l'État, dont les mérites avaient grande chance d'être oubliés dans le naufrage commun où se sont englouties, en France, presque toutes les réputations politiques et militaires de la fin du XVIIIe siècle. Le maréchal de Noailles, par exemple, ne laissait pas que d'avoir été atteint par les traits satiriques incessamment dirigés contre lui par le duc de Saint-Simon. Cependant les mordantes assertions de son rival acharné ne tiennent pas un instant devant les courageuses dépêches adressées par l'énergique vieillard au maître dont il aurait tant voulu secouer la désolante torpeur; et nous comprenons parfaitement, après vous avoir lu, pourquoi, voulant rendre justice à de nobles conseils qu'il était capable d'apprécier quoiqu'il fût hors d'état de les suivre, Louis XV y répondait par ce compliment si mérité, mais si singulier dans sa bouche : « Je connais vos bonnes qualités, Monsieur; celle de citoyen est au-dessus de toutes. »

Oui, malgré leurs défauts, c'étaient de bons citoyens, même dans l'acception toute moderne que nous donnons à ce mot, la plupart de ces hommes de cour qui s'arrachaient si facilement aux plaisirs d'une vie presque efféminée pour aller triompher à Fontenoy ou succomber à Rosbach. Grâce vous soient rendues, Monsieur, de ce qu'obligé par votre sujet de raconter la décadence de nos institutions militaires et les échecs qui en ont été la suite, vous avez fait le procès aux vices du système sans toucher à l'honneur des hommes. Il n'est, en effet, ni sage ni patriotique de donner à un pays le dégoût de sa propre histoire, et de lui apprendre à mépriser les chefs placés à sa tête, ceux-là surtout, quels que fussent leurs travers, qui sont morts pour lui conserver son rang dans le monde. Vous avez été bien inspiré le jour où, pour adoucir l'amertume des affronts infligés à notre orgueil national pendant la seconde moitié du dernier siècle, vous avez pensé à ressusciter devant nous, j'allais dire à créer, tant elle était demeurée inconnue, la douce figure du jeune fils du maréchal de Belle-Isle. La France a toujours eu des trésors inépuisables de tendresse pour les brillants officiers prématurément tombés sur les champs de bataille. Elle les met à part de tous les autres. Elle les décharge facilement de toute responsabilité dans les malheurs de leur temps; volontiers elle suppose qu'il leur aurait peut-être été donné, s'ils avaient eu plus d'imitateurs, de changer le cours des destinées de la patrie. Cette pensée est touchante. Elle a prêté un charme singulier aux pages émues que vous avez consacrées à la mémoire du comte de Gisors. Comment n'en serais-je pas douloureusement affecté en cet instant? «Les lettres ont, en effet, comme la guerre, leurs héros enlevés à la fleur de l'âge et au milieu de leur première victoire. Elles peuvent montrer leurs Hoche, leurs Marceau, leurs Desaix, qui ont traversé si vite la scène du monde que la gloire a eu à peine le temps de toucher leur front et que leur vie pleine de promesses n'a été qu'une belle aurore.»

L'avez-vous deviné, Monsieur? Ces derniers mots ne sont pas de moi, et je les emprunte à M. Prévost-Paradol.

Ah! qu'il m'en coûte, Monsieur, d'avoir à parler après vous de notre regretté confrère! Je n'ai pas seulement connu M. Prévost-Paradol, je l'ai aussi beaucoup aimé. Rien n'égala ma profonde stupeur lorsque j'appris, il y a deux ans, la nouvelle inattendue de sa mort, lugubre prologue d'un drame épouvantable. Combien d'autres avaient disparu déjà parmi ces jeunes gens destinés à devenir la parure de leur génération! Vous nommiez, il y a un instant, M. Rigault, enlevé avant l'heure par les rudes fatigues de ce métier de journaliste qui a si vivement attiré et si cruellement détruit tant de nobles victimes. En vous écoutant, je songeais à un autre rédacteur du *Journal des Débats*, à M. Alexandre Thomas, le compagnon de mes anciennes luttes, ce brave cœur et ce ferme esprit, qui a payé d'un exil volontaire la fière satisfaction de pouvoir parler suivant sa conscience des affaires de son pays. Naguère c'était M. Forcade, qui sentait la plume lui échapper des mains. Peut-être le lecteur insouciant ne sait-il pas assez quelles secousses profondes, douloureuses et répétées, ont d'abord ébranlé ces intelligences d'élite qui n'arrivent à l'émouvoir un instant qu'en lui servant, pour ainsi dire chaque matin, la meilleure partie d'elles-mêmes. Il y a toujours des morts et des blessés sur les champs de bataille de la vie. Honorons tous nos blessés et tous nos morts. Vous trouviez bon que je saluasse tout à l'heure au passage les hommes d'ancienne race qui, au plus fort de la décadence de nos institutions militaires, couraient si gaiement soutenir aux frontières la renommée de la vieille bravoure française. Laissez-moi donner aussi un souvenir aux écrivains qui, aux jours de la défaillance universelle, se sont généreusement portés en avant pour revendiquer, à leurs risques et périls, nos droits méconnus et nos libertés ravies. C'est justice de confondre dans un même hommage tous ceux qui sont vaillamment tombés en défendant des drapeaux également glorieux, également chers à notre pays.

A ne considérer que l'aimable expression de sa figure, toujours resplendissante de jeunesse heureuse et de grâce souriante, vous semblez, Monsieur, avoir supposé, comme bien d'autres, que les sérieuses difficultés de la vie furent toujours épargnées à M. Prévost-Paradol. Il n'en n'est pas tout à fait ainsi. Privé trop tôt d'une mère courageuse, il eut à traverser une rude épreuve dès le seuil même de cette École normale dont vous nous parliez tout à l'heure. Ce fut précisément une lettre de M. Alexandre Thomas qui lui fit se poser, pour la première fois à lui-même, le redoutable problème dont la solution, épargnée aux heureux de ce monde, agite parfois si cruellement les âmes délicates qui se trouvent un instant placées entre les suggestions de leur conscience prompte à s'alarmer et les nécessités de leur situation. M. Alexandre Thomas venait d'envoyer avec éclat sa démission de professeur à la suite des événements de décembre 1851, et il avait chargé M. Prévost-Paradol de donner le plus de publicité possible à une démarche bien propre à surexciter les jeunes gens qui se destinaient alors à la carrière de l'enseignement public. A l'École normale, les opinions étaient assez partagées. Qu'allait faire M. Prévost-Paradol, tenté peut-être de suivre cet exemple, mais bien déterminé à ne pas retomber à la charge de son père? Sa décision fut prompte; il la motiva sur-le-champ en des termes qui témoignent à quel point il voyait clair dans ses propres sentiments, et quelle horreur lui inspiraient dès lors les confusions de la pensée et les détours du langage : «Je ne donnerai pas ma démission, écrivait-il le 17 décembre 1851 ; mais il ne faut pas pour cela faire de sophisme; il faut tout simplement s'avouer qu'on n'est pas un héros, ce qui n'est pas blâmable... Je le confesse à la honte de notre pauvre pays, nous ne sommes pas tenus de donner un inutile exemple, nous que l'État tient à la chaîne d'indispensables appointements... Je voudrais avoir, moi chétif, un avenir à jouer d'un aussi grand cœur, quelque chose à confier à la fortune pour qu'elle me le prenne sans retour, ou qu'elle me le rende au centuple. »

M. Prévost-Paradol n'avait donc aucun parti pris à l'avance. Volontiers il serait resté à cette École normale « dont l'esprit, disait M. Royer-Collard, n'est autre chose que l'esprit de notre âge et le progrès de la société transporté dans les études qu'il agrandit. » N'est-ce pas, en effet, cette école qui, dans les premières années de sa fondation, donnait à la philosophie, à la religion, aux belles-lettres, M. Cousin, l'abbé Bautain, et le secrétaire perpétuel de notre compagnie? N'est-ce pas elle qui, dans une seule promotion, celle de 1836, associait le nom de son directeur actuel, M. Bersot, l'un des membres éminents de cet Institut, avec ceux de trois jésuites dont l'un, le père Olivaint, a été massacré, le 25 mai, à la prison de la Roquette, parmi les otages de la Commune? J'ai ouï raconter que, prêt à tomber sous le plomb de ses bourreaux, le saint prêtre avait reconnu, embrassé, et chrétiennement fortifié de son courage l'un de ses anciens camarades d'école, échappé plus tard, par miracle, à la rage des assassins. N'y a-t-il pas quelque chose de frappant dans le rapprochement suprême de ces deux destinées? Il ne témoigne pas seulement de la puissance des liens contractés pendant l'enfance; il atteste l'entière liberté laissée à leurs élèves par des maîtres scrupuleusement respectueux des droits de la conscience humaine; il proclame surtout comment, au sein de cette école restée ouverte à toutes les aspirations du siècle, l'esprit de

Dieu, qui souffle où il veut, a toujours su choisir et marquer d'avance ceux qu'il s'est réservés. Mais, après l'établissement du second Empire, d'autres influences avaient momentanément prévalu. Le joug était devenu moins facile à porter. M. Prévost-Paradol préféra s'y dérober sans néanmoins le rompre tout à fait.

Les trois années passées à l'École normale ont sans contredit contribué au développement de ce merveilleux talent d'écrire qui était, avant tout, chez M. Prévost-Paradol, un don de nature. Qu'il ait alors beaucoup gagné aux leçons de ses professeurs, comment en douter? Il a bien dû aussi quelque chose à ses condisciples. Sa bonne étoile a voulu qu'il liât de bonne heure commerce avec des intelligences non moins alertes que la sienne, et non moins éprises du pur amour des belles-lettres. A l'école, les camarades de M. Prévost-Paradol, dont les livres ont aujourd'hui pris place à côté des siens dans la bibliothèque de tous les hommes de goût, tenaient déjà presque tous pour la phrase rapide et courte de Voltaire. Ils reprochaient au lauréat du grand concours de 1849 de trop se complaire aux longues périodes de Jean-Jacques Rousseau, et de ne pas dédaigner assez les beaux effets de rhétorique un peu déclamatoire. Quels ne sont pas les profitables effets de cette critique familière, autrement impitoyable que celle des maîtres, exercée à tour de rôle, aux heures de libre épanchement, par des rivaux de vingt ans, qui se savent aussi les uns pour les autres de véritables amis! Je crois qu'elle a été singulièrement utile à M. Prévost-

Paradol. Quoi qu'il en soit, peu d'années après ce commun noviciat, ces jeunes gens de bel avenir faisaient tous ensemble leur début dans le monde littéraire. Mais voyez la singularité! Les plus brillants avaient déjà quitté la carrière de l'enseignement public, et rompu plus ou moins ouvertement avec le pouvoir du jour. Curieux enseignement pour ceux qui croient à l'action de l'État sur les tendances intellectuelles des recrues universitaires dont le sort matériel est remis entre ses mains! Ces contrariants esprits prenaient plaisir à s'engager dans les voies les plus opposées à celle vers laquelle on avait cherché à les incliner. Cette plume, qu'on leur avait appris à manier dans les écoles fondées et soutenues par le gouvernement, ils n'aspiraient qu'à s'en servir contre lui. Parmi les armes ainsi aiguisées, comme autant d'épées de combat, aucune ne devait être plus tranchante et porter de plus rudes coups que celle de M. Prévost-Paradol.

Jamais je n'oublierai l'impression produite par l'insertion au *Journal des Débats* des premiers articles signés du jeune professeur enlevé à la Faculté des lettres de la ville d'Aix. Par leur ton modéré, ils ne différaient pas beaucoup de ceux qu'on avait lus la veille. Cependant tout le monde avait aussitôt deviné qu'un nouveau défenseur était né à la cause libérale, doué d'une énergie à la fois puissante et contenue, semblable à celle de ces prodigieuses machines modernes dont l'action est si bien réglée qu'elles peuvent, à volonté, écraser une barre de fer ou rompre l'enveloppe d'une noisette sans en offenser l'amande. A partir de ce jour les regards du public ne cessèrent plus de suivre avec un intérêt croissant, dans son duel inégal, l'intrépide athlète descendu presque seul dans l'arène pour y combattre, armé à la légère, un adversaire soigneusement cuirassé et muni de toutes pièces. Il n'avait pas seulement conquis les sympathies des hommes politiques qui lui savaient gré d'avoir, au milieu du silence universel, trouvé moyen de faire entendre un peu de vérité ; il avait mis de son côté tous les lettrés, et charmé, dans le camp même qu'il attaquait, tous ceux qui se piquaient d'élégance et de goût. C'est que rien n'égalait la parfaite bonne grâce, l'habileté merveilleuse, la souplesse infinie de ce polémiste incomparable. Les coups partaient acérés et rapides de sa main toujours sûre d'elle-même et qui se dérobait en frappant, car il fallait, avant tout, se rendre insaisissable à l'autorité, qui veillait pleine de colère et de méfiance. Le procédé de l'écrivain consiste, en pareilles occasions, à prendre son lecteur pour complice volontaire des critiques qu'il lui suggère et des épigrammes qu'il lui souffle à l'oreille. Chez M. Prévost-Paradol, qui en usait souvent, l'ironie était toujours légère, presque gracieuse, car il laissait exprès à d'autres le soin d'y mettre tout son venin. Elle avait, par raffinement singulier, ce je ne sais quoi d'achevé que l'innocence des expressions ajoute à la malice de la pensée.

Qu'il était loin toutefois de se complaire dans ces adresses de style qui lui réussissaient pourtant si bien ! « L'art parfois nécessaire, écrivait-il en 1864, mais toujours humiliant et pénible d'envelopper la vérité, ne saurait produire une œuvre durable. Il assouplit, je le veux bien, la main de l'écrivain, et l'on a même prétendu assez ingénieusement que l'écrivain devait quelque gratitude à la rigueur du temps pour cette nécessité de s'assouplir. Mais on oublie que cette nécessité lui resserre en même temps le cœur, et lui défend d'espérer une saine et durable renommée. Oui, je le connais cet art misérable, et j'en use quand il faut en pleine sécurité de conscience ; mais j'en sens tout le poids, et ceux qui me louent parfois de l'avoir pratiqué avec quelque succès ne sauront jamais combien je le dédaigne, et combien je voudrais être né dans un temps qui me permît de l'ignorer. » M. Prévost-Paradol avait le droit de se rendre ce témoignage à lui-même. Il y aurait autant de frivolité que d'injustice à ne vouloir admirer en lui qu'un merveilleux arrangeur de phrases. Quand un homme devient ainsi la voix de sa génération, c'est qu'il a ressenti le premier et plus que personne les impressions dont elle est confusément agitée. — Toute atteinte portée à la justice ou à la liberté avait son contre-coup dans cette âme délicate et profonde ; elle saignait surtout des blessures faites à la patrie. Mais on ne prend jamais impunément ses plus intimes douleurs pour inspiratrices de son talent. Il y a danger à s'abreuver à ces eaux amères qui vous épuisent en vous surexcitant. Les traces de souffrance apparaissaient chaque année plus visibles chez M. Prévost-Paradol. Son visage demeurait souriant, sa conversation restait le plus souvent enjouée, car la gaieté de l'esprit est l'un des signes de sa force.

Cependant une vague tristesse enveloppait de plus en plus, comme d'une sorte de voile transparent, les dons toujours brillants de cette riche nature. A voir l'ardeur avec laquelle, au plus vif des combats livrés chaque jour dans la presse militante, il a tenu à publier, à si peu d'intervalles, ses *Études sur les moralistes français*, et son livre de *la France nouvelle*, ne dirait-on pas que, se sentant menacé de près par la mort, M. Prévost-Paradol a voulu, avant de nous quitter, lui qui ne s'était encore donné au public que par fragments, nous révéler, en ces derniers et plus solennels entretiens, quel était l'objet habituel de ses douloureuses préoccupations ?

La destinée de l'homme dans ce monde, celle de la patrie dans un avenir trop prochain, voilà les problèmes que M. Prévost-Paradol interrogeait incessamment avec une anxieuse curiosité. On sent qu'il a peine à s'en distraire. S'il abandonne un instant la politique pour les lettres, c'est pour leur demander la paix qui le fuit. « Vous êtes, leur dit-il en son charmant langage, comme ces sources limpides, cachées à deux pas du chemin sous de frais ombrages ; celui qui vous ignore continue à marcher d'un pas fatigué ou tombe épuisé sur la route. Celui qui vous connaît accourt à vous, rafraîchit son front et rajeunit en vous son cœur. » Pour son compte, il ne s'y arrête jamais qu'en passant. S'il apprécie avec amour les grands moralistes de notre langue, Montaigne, Pascal, la Bruyère, la Rochefoucauld, il s'attache de préférence à rechercher l'impression produite sur leur esprit par les conditions de la société dans laquelle ils vivaient, et par les événements qu'ils ont traversés. On sent courir à travers ses lignes comme un souffle de sympathie secrète lorsqu'il vient à parler de ceux d'entre eux qui, emportés avant l'âge, auraient pu mettre utilement la main aux affaires de leur temps. C'est ainsi qu'empruntant les expressions de Montaigne, il regrette que la Boétie, l'auteur de *la Servitude volontaire,* ait « croupi aux cendres de son logis domestique au grand dommage du bien commun » ; c'est ainsi qu'il s'apitoie particulièrement sur Vauvenargues, ce jeune homme obsédé par le besoin de l'action, « né pour la gloire et si cruellement privé de son véritable héritage ».

Mais que dire de l'ouvrage de M. Prévost-Paradol, *la France nouvelle*, dont les dernières pages sont empreintes d'une si profonde tristesse ? Cette tristesse, l'auteur, loin de s'en cacher, s'en glorifie : « C'est en proportion de notre patriotisme et de nos lumières, s'écrie-t-il, que nous la sentons peser plus ou moins sur nos cœurs. » Chose étrange ! deux bons citoyens, deux fermes et sagaces esprits, l'un déjà comblé de jours, l'autre au début de la vie, se sont préoccupés dans des livres, dont les titres sont presque pareils, de l'avenir réservé à leur pays qu'ils aimaient d'un égal amour. D'accord sur tous les points essentiels, ils lui signalent les mêmes dangers, ils lui donnent les mêmes conseils, ils forment pour lui les mêmes vœux : mais, tandis que l'espérance surnage chez M. de Broglie, M. Prévost-Paradol semble presque se l'interdire. Pourquoi cela, et d'où vient ce sombre pressentiment ?

Voyageant en Allemagne, pendant l'hiver de 1867, M. Prévost-Paradol avait traversé Berlin, cette grande, belle et froide cité. Il avait été surpris et comme effrayé de la trouver remplie de soldats ayant l'air si solides et si sérieusement intelligents. Un Frédéric II à cheval, orgueilleusement placé sur l'un des principaux boulevards, l'avait surtout frappé comme ayant l'air d'être, pour tout ce monde en uniforme, « l'Éternel qui les avait tirés d'Égypte, et leur avait donné une si belle place parmi les nations de la terre ». C'est sous cette impression qu'il avait écrit le dernier chapitre de *la France nouvelle*, si éloquemment et si déplorablement prophétique : « La France approche de l'épreuve la plus redoutable qu'elle ait encore traversée. La seule question qui pût être débattue naguère, lorsqu'on parlait de la puissance militaire du continent, était de savoir si la France pouvait tenir tête à l'Europe coalisée. Aujourd'hui la question est de savoir si la France l'emporterait sur la Prusse. Il n'est pas besoin d'insister pour faire sentir que la victoire de la Prusse serait le tombeau de la grandeur française. La France ne serait certainement pas anéantie. Il est même possible qu'on ne nous enlève pas dès lors l'Alsace et la Lorraine ; mais ce qui nous serait enlevé sans retour, ce serait le moyen de nous opposer à ce démembrement le jour où notre rivale triomphante le jugerait praticable et utile à ses intérêts, et ce jour ne tarderait guère... De quel prix serait donc la vie que nous aurions à traîner désormais sur ce débris à demi consumé qui, couvert encore du pavillon de la vieille France, flotterait plus ou moins longtemps sur les ondes au gré des caprices de l'Europe, avant de sombrer tout à fait sous le regard insolent du vainqueur ? »

Qui ne comprend maintenant l'intensité du coup porté à M. Prévost-Paradol quand il apprit loin des siens la fatale nouvelle de cette déclaration de guerre dont la seule perspective avait épouvanté son imagination ? Et dans quel moment lui arrivait-elle ? Son talent avait converti, du moins il pouvait le croire, jusqu'à ses adversaires les plus élevés. Plus heureux que la Boétie et Vauvenargues, il allait enfin pouvoir mettre la main aux affaires de ce monde, et, ce qu'il avait tant désiré, exercer une action personnelle sur les hommes et les choses de son temps, non pour se courber sous leur influence, mais, au contraire, pour leur imposer la sienne : car son ambition était aussi avouable que ses visées étaient hautes. Il n'avait dit adieu à ses compatriotes qu'avec l'espoir de revenir bientôt, fort de l'expérience acquise et des services rendus, leur demander sa place au sein de ces libres assemblées qui disposent en souveraines des destinées des peuples. Ce rare talent de la parole, révélé par ses succès à la Faculté d'Aix, confirmé dans les grandes commissions réunies à Paris avant son départ, il se flattait de le consacrer tout entier au triomphe des libertés qui lui étaient toujours chères, et au maintien de la paix qu'il jugeait si nécessaire au salut de son pays. Quelle magnifique vision ! Puis, tout à coup, quel affreux réveil ! N'avoir rien pu empêcher de ce qu'il avait si bien deviné ; assister de loin aux épreuves de la patrie absente, passer peut-être, ô comble du malheur! pour avoir connu les secrets d'une politique dont il prévoyait avec une saisissante netteté les maux incalculables! La pensée frémit quand on se représente ces assauts livrés coup sur coup à l'âme ébranlée de M. Prévost-Paradol. On lui applique alors involontairement ce qu'il a dit de Vauvenargues : « Ce jeune homme dont le génie se découvre à lui-même et aux autres, né sans doute pour l'ornement de son siècle et de son pays... né seulement pour une constante douleur et pour le regret de la postérité, » et l'on a peine à se défendre de répéter avec lui la plainte profonde de son poëte favori :

..... Quare mors immatura vagatur?

Cependant M. Prévost-Paradol n'avait pas tout prévu, et l'étendue de nos malheurs a dépassé ce qu'il avait imaginé. L'Alsace tout entière nous a été enlevée avec une partie de la Lorraine. Metz n'est plus à nous, et l'usage officiel de la langue de Bossuet est, au moment où je parle, interdit dans la ville qui a la première entendu la voix du plus grand orateur de la chaire chrétienne. Ne vous êtes-vous pas demandé, Messieurs, quel cri d'angoisse éloquente, quels fiers accents de désespoir cette mutilation de la France, s'il y avait assisté, aurait arrachés à M. Prévost-Paradol? Car nul ne se le figure impassible, résigné, ou seulement silencieux, devant les désastres de la patrie. Quoi qu'on en ait dit, les désolantes doctrines de Lucrèce ou de Spinoza ne le gouvernaient pas à ce point. Si elles avaient séduit son esprit, elles n'avaient pas envahi son cœur. Elles n'avaient, en tous cas, aucune prise sur sa conduite. N'est-ce pas lui qui, étudiant les causes de décadence chez les nations modernes, leur rappelait naguère en termes si élevés qu'elles ne pouvaient se retremper qu'à l'une de ces trois grandes sources de toute moralité et de toute bonne conduite humaine : la religion, le devoir et l'honneur ? Et vous n'avez certes pas oublié dans quel fier langage, en prenant place dans cette enceinte, il revendiquait, devant un pouvoir hostile et tout-puissant, le droit de juger autrement que par le succès le mérite des hommes et la valeur des théories. Avec quelle indignation n'eût-il pas protesté contre d'autres adversaires et contre d'autres théories ! Ne craignez pas que j'aspire à parler en son nom. Je sais trop que la meilleure preuve que nous puissions donner aujourd'hui de nos sentiments patriotiques, c'est d'en contenir soigneusement l'expression. Il me convient d'ailleurs et il me plaît de m'effacer devant cette chère mémoire. Écoutez donc comment M. Prévost-Paradol parlait de la guerre, avant qu'elle nous fût contraire, et tandis que la victoire nous prodiguait encore ses inconstantes faveurs : « La force manifestée par la supériorité dans la guerre n'est pas le droit ; elle ne le constate même pas, il n'est pas exact de dire qu'elle le crée. C'est un droit relatif sagement reconnu par les hommes, afin d'éviter un plus grand mal qui est la continuation ou le renouvellement de la guerre. Mais cette reconnaissance formelle ou tacite des conséquences de la victoire, cet acquiescement au résultat de la force qui entretient et prolonge la paix dans le monde, n'impliquent nullement que ce résultat soit juste.... La force n'a dans ce cas constaté qu'elle-même ; et ce qu'elle a créé, c'est un intérêt général à ne pas tenter inutilement ou prématurément de détruire son œuvre. Ce sentiment et cet intérêt, exprimés par des traités solennels, méritent le respect de tous et permettent lorsqu'on en parle d'employer le mot de droit et de justice. Mais c'est un jeu de mots qui serait réprouvé par la conscience universelle que de confondre ce droit et cette justice imparfaite, que les nations s'administrent selon leurs forces et qu'elles tolèrent selon leur intérêt, avec ce droit et cette justice que reconnaissent nos consciences et qui doit régler nos actions et nos jugements. De tels traités ne sauraient contenir plus de justice que la victoire dont ils sont sortis, et si cette victoire est inique ou si on en abuse, notre sagesse les respecte en même temps que notre conscience les condamne. On peut leur obéir et les détester (1). »

Efforçons-nous, puisqu'il le faut, d'accepter le sévère conseil de M. Prévost-Paradol. D'autres nations l'ont, aux heures de l'adversité, pris avant nous pour règle de conduite, qui semblent maintenant n'avoir plus rien à redouter que l'excès même de leur bonne fortune. Quand le présent est si sombre et l'avenir si voilé, c'est le devoir de tous les bons citoyens de s'armer de patience et d'énergie. J'entends d'énergie pour soi-même, et de patience à l'égard des autres. Le temps

(1) *De la Guerre*, essais de politique et de littérature, 1865.

des fantaisies est, en effet, passé. Qui donc pourrait garder des préférences exclusives ou des rancunes inexorables alors qu'il s'agit de l'existence même de la France? Rendons grâce à l'illustre homme d'État qui, après avoir essayé de la détourner par ses conseils des voies funestes, couronne en ce moment l'œuvre entière de sa vie, en la dirigeant lui-même péniblement vers des destinées meilleures; mais sachons bien que la « noble blessée » aura longtemps encore besoin de la pieuse sollicitude de tous ses enfants, et que son salut dépendra toujours de nos communs efforts. Vous ne cesserez pas, Monsieur, j'en suis assuré, de vouloir lui payer votre dette en poursuivant, pour son plus grand profit, vos instructives études sur nos institutions militaires; et Dieu veuille qu'à titre de récompense il vous soit donné d'avoir à raconter un jour comment un pays qui n'a pas désespéré de lui-même peut reconquérir, avec l'estime des autres nations, le rang qui lui appartient dans le monde!

Paris. — Imprimerie Adolphe Lainé, rue des Saints-Pères, 19.

DISCOURS ACADÉMIQUES

Discours de MM. Duvergier de Hauranne et Cuvillier-Fleury, à l'Académie française, le 29 février 1872. In-8°. . . . . 1 fr.

Discours de MM. X. Marmier et Cuvillier-Fleury, à l'Académie française, le 7 décembre 1871. In-8°. . . . . 1 fr.

Discours de MM. Jules Janin et Camille Doucet, à l'Académie française, le 9 novembre 1871. In-8°. . . . . 1 fr.

Discours de MM. Barbier et Sylvestre de Sacy à l'Académie française, le 17 mai 1870. In-8°. . . . . 1 fr.

Discours de MM. d'Haussonville et Saint-Marc-Girardin à l'Académie française, le 13 mars 1870. . . . . 1 fr.

Discours de MM. de Champagny et Sylvestre de Sacy à l'Académie française, le 10 mars 1870. In-8°. . . . . 1 fr.

Discours de MM. Autran et Cuvillier-Fleury à l'Académie française, le 8 avril 1869. In-8. . . . . 1 fr.

Discours de MM. Claude Bernard et Patin à l'Académie française, le 27 mai 1869. In-8. . . . . 1 fr.

Discours de MM. Jules Favre et Ch. de Rémusat à l'Académie française, le 23 avril 1868. . . . . 1 fr.

Discours de MM. l'abbé Gratry et Vitet à l'Académie française, le 26 mars 1868. . . . . 1 fr.

Discours de MM. Cuvillier-Fleury et Nisard à l'Académie française, le 11 avril 1867. . . . . 1 fr.

Discours de M. Guizot en réponse à celui de M. Prévost-Paradol, le 8 mars 1866. In-8. . . . . 50 c.

Discours de MM. Camille Doucet et Sandeau à l'Académie française, le 22 février 1866. . . . . 1 fr.

Discours de MM. Dufaure et Patin à l'Académie française, le 7 avril 1864. In-8 de 72 pages. . . . . 1 fr.

Discours de MM. le comte de Carné et Viennet à l'Académie française, le 4 février 1864. In-8 . . . . 1 fr.

Discours de MM. le prince de Broglie et Saint-Marc-Girardin à l'Académie française, le 26 février 1863. In-8. . . . . 1 fr.

Discours de M. Guizot à l'Académie française, en réponse au discours prononcé par M. Lacordaire, le 24 janvier 1861. . . . . 50 c.

Discours de MM. J. Sandeau et Vitet à l'Académie française, le 26 mai 1859. In-8 de 44 pages. . . . . 1 fr.

Discours de MM. de Laprade et Vitet à l'Académie française, le 17 mars 1859. In-8 de 48 pages. . . . . 1 fr.

Discours de MM. le comte de Falloux et Brifaut à l'Académie française, le 26 mars 1857. In-8 de 44 pages. . . . . 1 fr.

Discours de MM. Biot et Guizot à l'Académie française, le 5 février 1857. In-8 de 64 pages. . . . . 1 fr.

Discours de MM. le duc de Broglie et Désiré Nisard à l'Académie française, le 3 avril 1856. In-8 de 60 pages. . . . . 1 fr.

Discours de MM. Silvestre de Sacy et de Salvandy à l'Académie française, le 28 juin 1855. In-8 de 64 pages. . . . . 1 fr.

Discours de MM. Berryer et de Salvandy à l'Académie française, le 22 février 1855. In-8 de 80 pages. . . . . 1 fr.

Discours de MM. Villemain et Guizot à l'Académie française (séance annuelle du 25 août 1859). In-8. . . . . 1 fr.

Notice historique sur la vie et les travaux de M. Victor Cousin, par M. Mignet, séance du 16 janvier 1869. In-8. . . . . 1 fr.

Éloge de M. Horace Vernet, par M. Beulé, prononcé à l'Académie des Beaux-Arts, le 3 octobre 1863. In-8. . . . . 1 fr.

Éloge de M. Hippolyte Flandrin, par M. Beulé, prononcé à l'Académie des Beaux-Arts, le 19 novembre 1864. In-8. . . . . 1 fr.

Éloge de M. Meyerbeer, par M. Beulé, à l'Académie des Beaux-Arts, le 28 octobre 1865. In-8. . . . . 1 fr.

www.ingramcontent.com/pod-product-compliance
Ingram Content Group UK Ltd.
Pitfield, Milton Keynes, MK11 3LW, UK
UKHW022134190726
13855UKWH00003B/1148

9 782013 069748